洁白的纸上

作者：佘长奇

中國華僑出版社

图书在版编目（CIP）数据

洁白的纸上 / 佘长奇著；刘义华绘 . — 北京：中国华侨出版社，2017.1
ISBN 978-7-5113-6631-3

Ⅰ . ①洁… Ⅱ . ①佘… ②刘… Ⅲ . ①诗集－中国－当代 Ⅳ . ① I227

中国版本图书馆 CIP 数据核字 (2016) 第 324829 号

洁白的纸上

著　　者 / 佘长奇著；刘义华绘

出 版 人 / 方　鸣

责任编辑 / 安　可

责任校对 / 高晓华

经　　销 / 新华书店

开　　本 / 787 毫米 × 1092 毫米　1/32　　印张 / 8　字数 / 70 千

印　　刷 / 福州东南彩色印刷有限公司　　邮编　350008

厂　　址 / 福州市金山浦东上工业区冠浦路 144 号

版　　次 / 2017 年 1 月第 1 版　　2017 年 1 月第 1 次印刷

书　　号 / ISBN 978-7-5113-6631-3

定　　价 /38. 00 元

中国华侨出版社　北京市朝阳区静安里 26 号通成达大厦 3 层　邮编：100028

法律顾问：陈鹰律师事务所

编辑部：（010）64443056　644443979

发行部：（010）64443051 传真：（101）64439708

网　　址：www.oveaschin.com

E-mail：oveaschin@sina.com

如发现图书质量问题，可联系调换。

目录
contents

【第三辑】

【第四辑】

第一辑

晒梦的少女

像红色的蝴蝶
张开翅膀，栖在白色的线上
云朵追着云朵
这是一段多么美妙的时光

轻轻的童年，童年
轻轻，轻轻，轻轻地
撞在你露珠一样的灵魂上
昨日里，一刹那，我们曾经都爱过对方

2002.5

以后嫁给我，好吗？

以后嫁给我，好吗？
黑夜开始在黑色的信封上写你的名字
先写城里的星空、月亮，然后一大片的
昨日来时的乡村土地

你狡猾地微笑起来，然后
在低头的瞬间，给我一个早春的爱情
沉默的天空掩不住流动的山川
向北的雨，世界不会有尽头

洁白的鸽子从雨中飞过
以后嫁给我好吗？
陪我从东流浪到西
陪我从这个早春一直到下一个春天

2002.11

无题

是谁咬掉了半口苹果
像一宗无解的谜案
一整片秋天随意地坐在大地上
你打开窗户，看见晨阳

抽烟，喝茶
抬头看看墙上的时光
也偶尔
翻翻许多年前你母亲留下的一本《圣经》

一九九六年版，赞颂雅歌
赞颂夜晚，赞颂太阳由西到东
还有那只一动不动的苹果，蹲在桌沿
像一块来自海上的石头

里面有少年远航的讯息，和
昨夜一个女子留下的吻

2002.11

少女

从西藏来的少女。独坐
江南深秋的枝头
你的眼睛
帐篷顶上守候一世的鹰

西去的路上
尘沙间飞扬的幡
神圣的祝祷如岁月里墨色沉重的山峰
四面八方

从西藏来的少女。在
闽水之源夜晚之畔
你独有的衣饰令我伤感
大草原上年复一年的歌声你已不去演唱

我陌生但心仪的少女
带着古老的喇叭，它，不顾一切地
敲叩落满柳叶的窗
我的祝福多么寂寞，那般哀伤

从西藏来的少女。从
朝西的路上，东行而来
背后是大草原上生生不息的马蹄，和
云的群羊。

2002.12

雅歌

今夜
直面心爱的女子
道出压在石头下面的每一句话
在千年花开的国度上
最灿烂的王冠送给自己
我是这条河上最崇高的皇

洁白的纸上，春天最美
心仪的少女和天空下的孩子
我的家在乡村里最贫穷
少年的歌
无花树下的万众之王
河边洗发的新娘最漂亮

2003.1

如果你不再悲伤

过年了。爱人
如果你不再悲伤
大红的绸子挂上冬天的枝头
如果我的姑娘不悲伤

不是短暂别离
不为长相厮守
忘掉黑夜
如同忘掉一年中不顺心的天气

我的姑娘
如果我的姑娘不悲伤
成功不算幸福
金钱，地位，不是我的归属

爱情，忠诚
激流，险滩
生活有了微笑还渴求什么
如果我的姑娘不悲伤

2003.1

洁白的纸上

当落叶埋葬了秋天的容颜
池塘月影，时光飞逝
山上的羊群被赶到山下
洁白的纸上，少女歌唱

我过了给情人写信的年龄
对爱的表白又常常遭人嘲笑
脚步怎样才能长过道路
除了思索，我一无所有

洁白的纸上，没有可靠的幸福
也找不到永恒的答案
年轻的人们热情地质问世界
我的温暖被如若废纸

一支烟难以抗拒黑夜

2003.2

第二辑

月之歌

太阳照在山冈上
穿过花丛爬上高墙
它跨越大地上的一切屏障
山冈下住着我的姑娘

白天纺织
夜晚轻唱
少女临门而坐
爱情顺水流淌

清澈如水，一切难忘
乡间的情歌
谁也不能阻挡
篝火之外，接着天光

而我站在山冈上，衣袂随风
如同你童话里的一颗小小太阳

2003.2

你还需要点时间

你还需要点时间
做一次意味深长的独白
深爱的女子随别人走了
连句离别的话，都没有留下

也许，她爱过你灵巧的诗歌
和，一瞬间破土而出的才华
但你拖沓不拘的未来
使她丧失了守候幸福的信心

黑夜，她静静地站在背后，多么美丽端庄
而你怪异的思想，故意恐吓她：
仿若，风中不安的枯叶
兔子食草时不安的眼神

她不如意了
连句离别的话，都那么吝啬
也许是她父母的旨意
或者，因你家中灰暗的四壁

你贫困的灶台，再也照不出她年轻的样子
她觉得老了，像一个
劳作过许多岁月的妇女
你多么不珍惜她啊！

你还需要点时间
对生活做一次峰回路转的选择
一个没有爱情的诗人
他多么悲哀

——2003.3

火把里有绝望的悲伤

在，雨水和土地之上
收拾起
马匹和草原

火把里有远古抒情绝望的悲伤
口袋里有
一把现在的月光

月光，月光
照着
铁轨和火车的窗户

月光对着坟墓
坟墓唱歌
唱着悲伤的祖国

2003.6

今夜，我谁也不想

不会有谁刻意想我了
想我日益衰败的身体
和，半截颓废的灵魂
还有半截，埋在土里

以至地上不再长草
河流也不经过两岸荒凉的村庄
灯火彻夜亮在窗口
今夜，我谁也不想

爱我的人纷纷弃我而去
喝茶，抽烟
把不如意的自言自语
塞得满屋子都是

人们都睡了，呼吸均匀
我一个人的寂寞如此苍白
像贫困刻在石头上
没有未来

——2003.3

我曾经是那么爱着我的祖国

——致卢梭

我曾经是那么爱着我的祖国
她给了我乡村童年的幸福
在盼望未来的同时
时间上有我抒情的前程

当我长大后，
张开野性的眼睛看见了虚伪
我成为一个悲伤的诗人
带着沉重的枷锁进了自由者的宰房

我无怨无悔
如果你可以扼住春天的咽喉
但你无法阻止万物生长的祈祷
一切都在结束，一切仅仅开始

——2003.3

崇尚诗歌，注定了永生，注定了死亡

黑色的木房子容不下太多的时日
过完了贫困的日子
要留出一些给长夜
留一些，给前来送葬的少年

广阔的大地上
望眼中只有这一座村庄
安静，祥和
村民和睦相处

朝北的山坡上，住着
我这唯一的房子
孤苦伶仃
只有诗歌

煤油灯也亮不出光明前程
风吹日晒
南来北往的人们都将经过，这片土地下面：
除了骨灰、土壤，一无所有

——2003.3

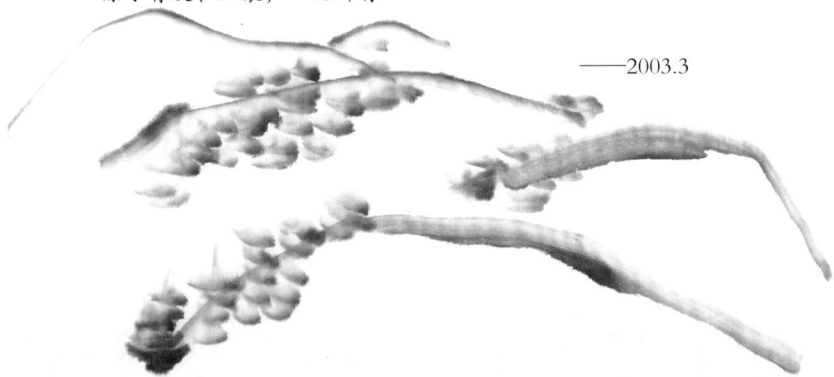

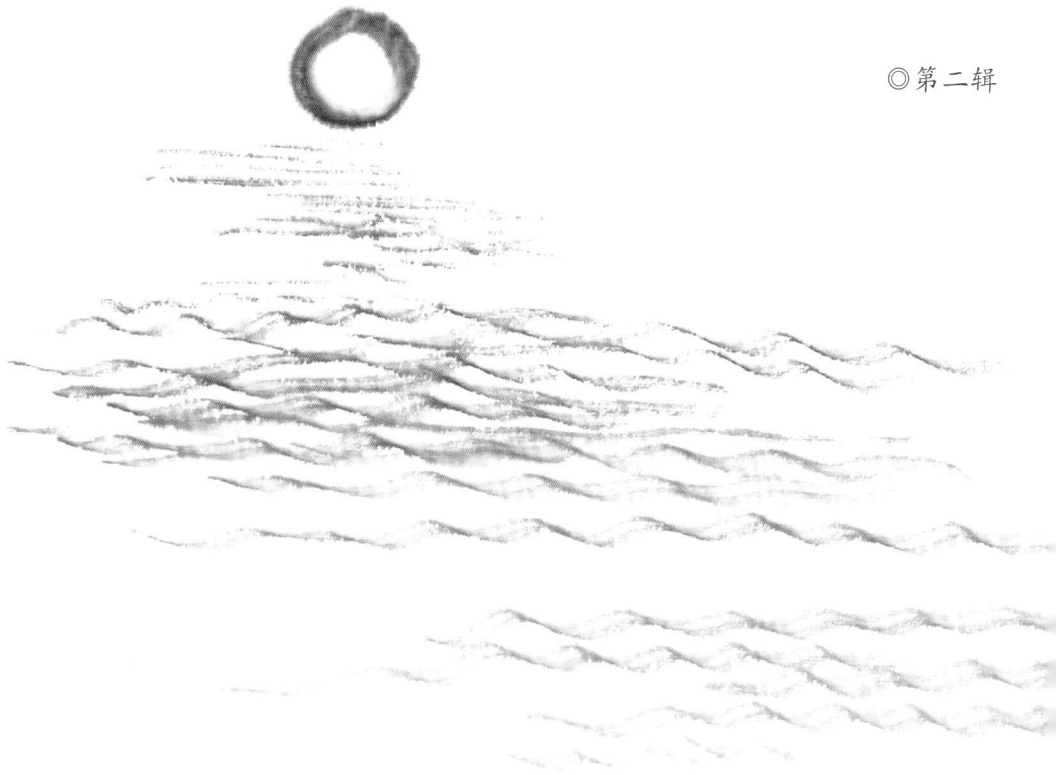

月亮圆了

月亮圆了
大地是一汪无际的海洋

月亮圆了
夜晚的祈祷动我心肠

此时，时光站在一条马路的对面
街上所有窗户朝我打开
天空是一盏昏黄的灯，我看见
一只鹰在它的诱引下飞出年少的村庄

妈妈，而我还蹲在一条河的对岸
用春天，不停地去磨圆一块石头
你身旁的那个孩子叫作月亮
月光下我一个人四处流浪

2003.3

今日之一切，吾不可求矣

——忆昨日于省图阅《诗选刊》02.12 期"不懂"有感。
遂悲而茫然。

告别的姿势多么温和
阳光是美的
今日之一切，更不可求矣
种下诗歌收成怀念

在展望未来的同时
想起的多是逝去岁月
身体瘦弱也把不住酒盏
悔恨总时时袭上心头

过了一个直抒胸怀的时代
诗人们都向城市出发
语言如同一地破碎的灯盏
四面八方都是光明前程

我还像当初坚守自己的贫困
太阳坚守母亲的村庄
一切一如既往，保守
固执，且不能改变

2003.3

致春日

世间的一切春风和花朵中
都蕴容诗人真正的涵义
诗行需要公正的赞誉
未来的人们也要真诚正直

也许总忘不掉逝去的苦难年月
每一块泥土下面
都可能埋有一片坟墓
孤独，漆黑，没有名字

但我毫无为之胆怯的意思
始终，我坚信直至最后一个真理
曾努力去接受人们无法理解时的嘲笑
和人生给予的不公正待遇

这一切，我都必须忘掉
我死后，心中留存一个愿望：
一半的骨灰还给祖国
一半的灵魂葬入他乡

2003.3

我不相信

我要去那遥远的村庄
帽子掉在泥土上
你跳着，像一个孩子
并很认真地捡起大地上长出的每一只耳朵

世界和生活
把一切欺骗得太久了
而如今，夜晚就像
一只野兽　向我袭来

你听，有北风吹过南海
你说你要化成一只青色的大鸟
你要埋葬那些
写满爱情的石头

2003.5

不代表你

在八月的窗子上
等待
山月前的一场秋雨

溪水在你温柔中暴涨
温柔的水
温柔的水来自那个不辞而别的夜晚

而此前的许多八月十五
甚或更早
粉红色的月亮不代表你

2003.9.11（农历八月十五）

写给一个不愿具名的女子

如果，如果
看见黑夜在河边悄悄站立的时候
你第一个想起的
是谁？

山川沉默，它的枝叶
远胜霓虹的幸福
时间与家族
是另外一种，充满温暖的承负

不知你是否真的
对爱情已经心领神会
或者，上苍的祝福
不属于你，不属于我

如果，如果
四年之后，白纸仍旧是一张白纸
我宁愿把诗写在大地上
让树木割下我的耳朵

2003.10

沉思的白马

秋天的阳光被斩落马下，一群
沉思的马
病重的马
它们的脊背上扛着中国

你的花轿从
昨日的乡村抬入城市
一座繁华的城市
陌生的城市

白马嘶鸣，白马忧伤
遥远的白马
中国的白马
只有我，牧着我的草原

2003.10

石头诗人

我掏出心，呈给天空
天空灰色
沉默不语

我坐在大石头上
花草芳香
妹子出嫁

石头中唯一的大石头
一动不动的大石头
我在等你说话

2003.10

我的一次死亡

昨夜。我死了
死在一棵树上
乡村里的唯一一棵
不求上进的树
唯一的一颗果实
最后在冬天裂开它的头颅

凌晨时分。头颅灰白
唢呐，棺材，土地
纷纷准备在红色的大草坪上
天空灰白
河流灰白
大地与未来沉默不语

2003.11

小曲

巷子很长，如同
我遇上的那个长发少女

门槛断裂，我望见
她手上的幸福很美丽

我要抱你，春天弯腰
我要亲你，我便弯腰

2003.11

小曲

在大雨中的蝴蝶，湿漉漉的
枝头。蝴蝶住在天上
你的衣衫洁白。在
七层的楼顶上看着大雨
大雨落在蝴蝶的前头
湿了它的头发。我的眼睛在
天尽头，我看着你
好像一只蝴蝶在看着你

2003.11

灯火。远方的稻草人

花朵如期盛开，远方看我
如同海边的野孩子
如今，野孩子回到家中

母亲和昨天一起住在三楼
楼下空空
堆满石头

以石头为生，石头
是你的天空
城市的天空不是你的天空

2003.12

偷日光的人

夜晚来到城镇
贫穷写下诗歌
诗歌就这样被流传
像一只破靴子，戴在
诗人头上

长长的大街上，四处
都传言一个偷日光的人
他戴着古铜色的面具
胸藏悲伤

在平潭，上帝保佑下的平潭
你爱情的诗歌就这样被流传
他像一个胆怯的扒手
躲在九一六大街左拐处，一言不发

拉下天空的帽子
天空满面灰尘
拉下你的帽子
大地满面灰尘

2003.12

第三辑

再见到你的时候

去年枝头甚高
并且也望不到什么

两匹来自农村的马
在这里饮酒
驮着各自的脊梁和幸福

在这里饮酒的马群
和曾经深爱过的马
一群白马，或者一群黑马

白马遇到城市和瓜果
黑马要回到家乡

2004.2

蛇

我从心里掏出
一条蛇 在灯下
细细观摩

远方充满神性与暗示
黑色之夜啊
文字上是否真有未来

钟在拐角处准确敲响
时间和死亡如此真实
在蛇张开它牙齿的时候
世界在它的牙齿间脱落

颜色和修辞同时五彩斑斓
我梦想一天活得健康

2004.2

生活的真意是什么

一
当我从外面回来的时候
拍掉身上的尘沙
天要下雨了
该把房子搬到外面
淋淋雨了

二
当星辰安静下来的时候
请你不要移动房子内的摆设
身体软软的像海星星，躺在床上
你不要想在天上吃饭和飞吧
其实那没什么意思
一头摔下来，会撞断梦的脊梁

三
那你抽抽烟吧
把牙齿和心脏叼在嘴中
墙壁上有一把刀，白色的
写着"生活的真意是什么"
这时你恍惚了
打开灯来，你看见她黑色的爱情

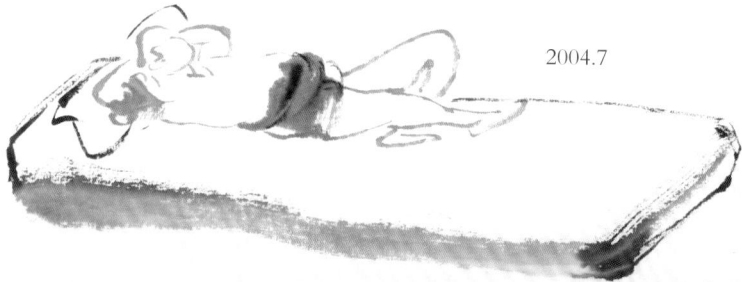

2004.7

黄昏的街道

黄昏的街道种满榕树
青色的石板
从墙缝中吹过的风

你的深秋啊
被一节一节的悬挂在树上
夕阳落在你的窗台上

又一辆爱情的马车
消失在空空的远方

2004.6

从田野的斜坡上走过去

从田野的斜坡上走过去
一直走到风的深处
直到你的背影也成了风
在田野深处

你静静地望着那段蓝色的陡坡
它像极了你小时候的名字

斜坡在天空下长出青草
草地上有那些不会飞的虫子，它们在
不停地爬出来又爬回去

它们的嘴和手指总对着你
于是你觉得它们也是田野的一部分
突然你心里有点满足
突然你又觉得自己像一片枯叶一样在飘

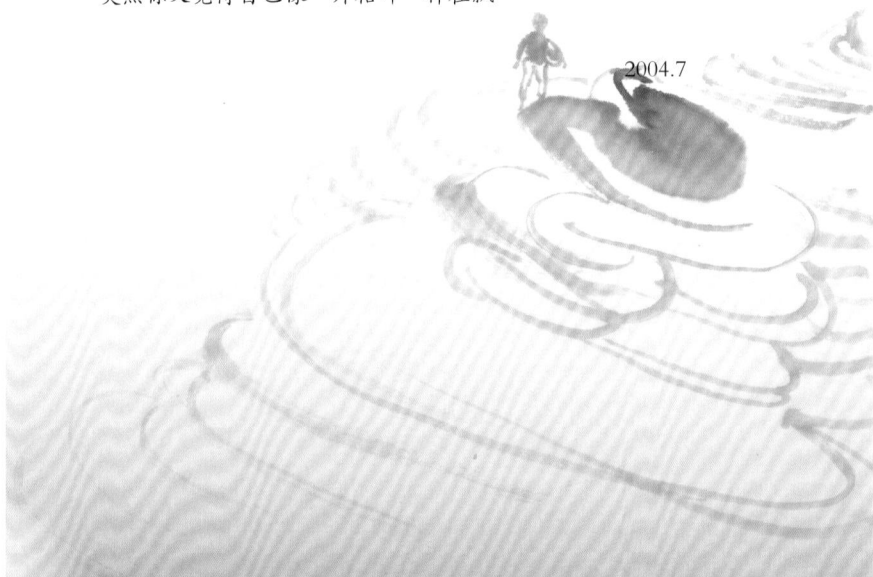

2004.7

未写完的组诗《英雄》

我常常习惯于仰望天空
仰望日月星辰
以致他们年年月月站在上面
从另一个角度
仰望我们这些还活着的人

萤火虫在野外唱歌飞跃石头
野花在泥土中死命生长
四面八方的风
心怀许多无法化解的柔情似水
海水从接触礁石开始上涨
在遥远的地平线上
生与死的唯一月光

转瞬间，人们在
逃避苦难与责任的时候
苟活在古老干裂的大地唇齿之间
在清晨第一滴露珠勇敢的头上
往往是与那些死者有关的王冠

百合花挂在墙角渐渐枯萎
但她散发的芳香在黎明时分经久不散

2004.8

乡村断章

一
泥土中有梦
梦可以生火
早晨时分你在火丛里唱歌

马路当中有泪
泪一直流过城市
从乡村来的民工在公交车上唱歌

二十多年来
我们分分合合变化得太多
只有萤火虫还在草丛中唱歌

二
青草在太阳下生长
长出尖尖的骨头
那些日子在骨缝中痛苦地唱歌

过去的我们都回不去了
你的四肢像古早村边的一条河流
记忆长长，等思念瘦成黄昏

三
夜色照见了谁
是什么又让那些人陷入黑暗
白天，黑夜
这般不知所谓的生活又是为了什么

2004.8

一个人的孤独

在平潭我能阐述什么
在平潭我无能为力
在平潭写诗唱歌是一种多么愚蠢的行为

在平潭我吹海风
在平潭海风吹向谁
在平潭谁的房子装满海水

在平潭我不能说话
在平潭我不能走路
在平潭石头长满盐
石头下埋着我的眼睛和心

河水流在水中
绕过我旧时居住的村庄
花草还叫作花草
我的名字被海风吹成孤单

2004.8

日子

我居住的这个地方叫作平潭
海风从西刮到东
又从东刮到西

这块埋着血和头颅的
我的祖先们牧马的地方
我和未来适合居住于夜晚

2004.12

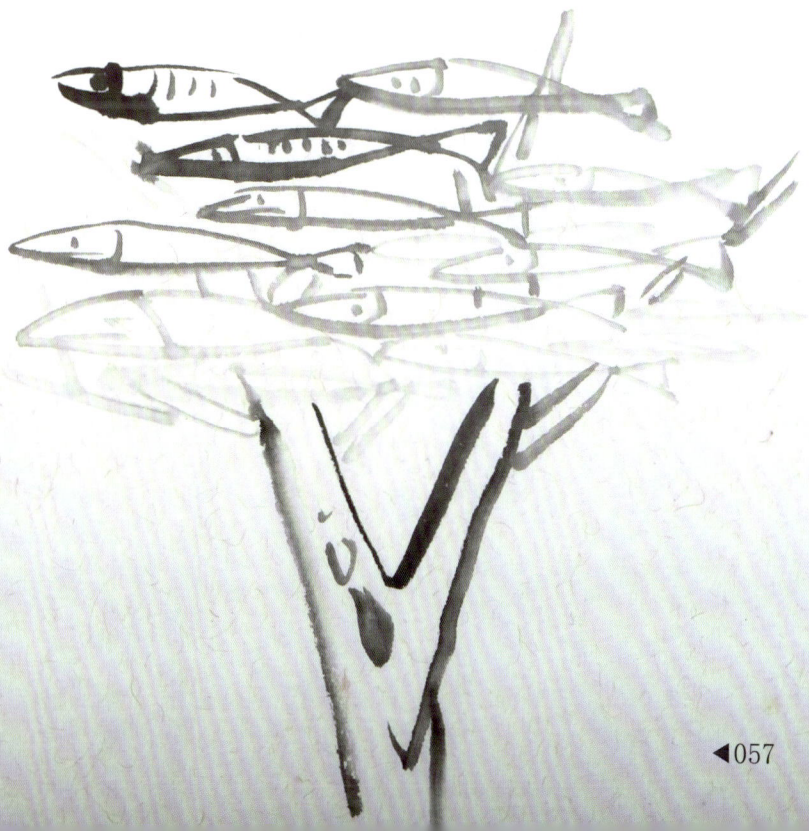

送君归江南

一
那条千年的船
从不曾在我的窗外靠岸
从桥上转过来的脸庞
泪和月光是我一生的守望

二
被遗忘的时候
春天被雷电劈开的时候
三月的桃花
四月的泪水

三
多少年过去了
又想起了屋顶上那朵白色的云

那条白色的船啊
你将我遗失在，南方的海上

我知道，那是一朵花
和一个秋天的葬礼

雪从不曾在这里下过
春天似乎也从不曾来过

四
鹰，它在用腹部的饥饿，在唱歌
后来，我望见了遥远的北方
在南方，和一声巷子里的哀叹

五
举起思念，是望不到边的山山水水
月光再亮，也数不清我的头发里的忧伤

2004.10

远走他乡

从明天起我将远走他乡
对于水中的树木和岸上的倒影
我的记忆早已模糊不清

那些责任，那些叹息
以及断来续去的歌声
他们像坟墓和幽灵一样

万事显得不可捉摸
远处，远处是悬在头顶上的古老的大钟
金色花铺开了雨季和秋季
她们身形奇特
一直保守着一方的自由

2004.11

夜晚的皮肤

海水从哪里开始上涨
海风从哪里开始吹向远方
一艘失去翅膀和双脚的破旧帆船
一个不被生活重视的梦想

当我触摸到岁月的时候
孤独正从天空降落
当我触摸到爱情的时候
你却将我遗忘

我要点燃那些
被统统遗忘的闪电
当我触摸自己的时候
悲哀的声音从底部响起

2004.12

黑色的屋子里爬满了蚂蚁

黑色的屋子里爬满了蚂蚁
它们在心脏的最深处
举起天空的伞
遮住一些血和泪水
它们用脚
在为一些人和事
找出关系和缘由
比如寻找树叶的根须
人生必经的苦难
和，无以言表的石头

在每一个夜晚
它们活着
并且群居在这里
并且群居在那里
像一道闪电
有时候也感到快乐
有时候也感到痛苦
在它们面临死亡的时候
痛苦总比快乐少一些

2004.12

我的爱情

瞧瞧远方
是弯曲的小河流
在那里沐浴过的少女
她们的衣裳都变成了石头
如今，小鸟们衔着石头
飞向更远的远方
石头，那些石头
有的落在马路上
有的落在城市里
许多年前和许多年后
当那些石头落下变成一群少女
被遗失的一颗石头
是一种过程
是我的爱情

2005.1.8

我居住在石头上

那种血色的声音已经嘶哑
当历史被断成那么多细节
请把那些被遗忘的秋天的温柔
重新拾上枝头

井上的苔藓
歪斜的炊烟
破旧的书包
和写满错误的走廊
那些深藏在黑夜背后
伸手不见五指的洁白梦想

天空的衣裳很薄
她披在我和未来的肩膀上
我们年轻得像
20 年代荒野上的一块墓碑
被他人遗忘的同时
也在自我藐视，甚至
藐视石头之外的一切

2004.12

第四辑

最远的地方

在一个地方待得久了
便想着到远处走走
最远的地方
是挂满阳光的葡萄树
阴谋与死亡离世人太近了
所以我想去最远的地方

从桌面上逃离
从马路、房子当中逃离
逃离到有鱼有水的葡萄树下
用我的初吻让树木结满葡萄的眼泪
并且让我在世间最温暖的远方
沉默得像一颗饱满的果实

2005.1.8

回想昨日

回想昨日黄昏满地
你独自穿过泥土剥落的小巷
身后的苔藓布满你走后的
那个潮湿多病的世界

在更南的南方，夕阳遍野
夕阳照在无主窗户的时候
它向外打开着
我也向它打开着

在这片虚无的土地上
我们曾经就这样坐着、生活着
流水在水流中一晃而过
群人在人群中不可捉摸

2005.1.12

怀念一个人

十二点过了
不是每个人都能看得见时间的
今天的天气突然又冷了下来
我不能告诉你

现在的日子一天比一天难过
大街上车子行人实在太多
我避居在这个只有海风的岛上
和树木以及废弃的船只成为好朋友

这里的潮水一天两次
总不愿走得太远
我想起那件橘黄色的连衣裙
在那座城市里好美

也许逝去的时光总让人觉得怀念
也许开在地下的花朵总是缺少勇气
远处是秋去春来
是满地的落叶与靠不住岸的不尽的流水

2005.2.21 凌晨

情人节快乐

当我拉住你的双手
天空便给了你两条河流
一条射中鹰的眼睛
一条化作天空的那蓝色的宝石

彩色的衣裙，洁白的天空
遍野的羊群，往事如风

爱情是那
两条河流
一条干涸成灰
一条溢出黑夜

2005.2.14

关于我和你在毕业时

这不是春的衣服
这是夏的头颅
这不是冬的白雪
这是九月的一场枪决

这是宣判
这是宿命
这是被生活围住的大地
这是我性命的喉咙

2005.4.7 深夜

虚妄的悲伤

一
月光透过草原
透过狮子的眼睛

二
狮子变得忧伤
它多希望天空倒下
它多想在白云中奔跑

三
那个捡星星的男子
你的口袋破了
你的女娲睡得很沉

四
如今
山羊也不出来四处跳跃
从崖的一端跳向另外一端

五
从崖上跳下的那个夜晚
我的骨头多么坚硬

2005.4.8

碎片

上帝把烟点燃
烟的上面是
那个无法归去的村庄
我把烟点燃
黑夜很黑
那是闪着我性命的光芒

黄色的叶子
和绿色的叶子一样的虚无
两片叶子同时落在头上的时候
那片是生活
那片是泪水

2005.4.8 夜

在平潭写诗，在水中生活

如果我是一条鱼
我会不停地跳跃
我能抓住岩石的脊梁骨
让它开出花朵

荒凉的风只属于荒凉的大地
而我，在水中继续生活
我曾经祈求上苍，让那些年老的船
靠在我的肩上

哪怕一会儿时光
能让我看看远方，看见西北的草原
可是海风吹着你
像林中的夜莺在敲打我的心脏

如果我的水面是一面镜子
那也是一面长年埋于地下的极古老的镜子
它照出我跳出水面的姿势
我知道，我将会死去

2005.5 稿

榕树在游戏

它有独特的风格
它让我景仰
以一个凡人的姿态
愿意在石头上
度过一生
这是我单纯的想法
石头很单纯
天空也很单纯
一个凡人想太多
总会想到世界的尽头是什么
比如痛苦和死亡

2005.6.10 深夜

被时光和风一同磨破的秋天

海水上涨，该放下你的船儿
我已经建造好了码头
那些想冒险的人站在我的码头上
我对其中一个说：
我要等你回来

我站在我的码头上
如果果子成熟
我就不再害怕饥饿
如果夜晚来临
我就去看望星星

秋天终于来了
那些想冒险的人
已经离了很远
我等来了时光和风
我通知不到所有的人

这样的时光和风
你们一同磨破了
我唯一的秋天
这样的一瞬间
我瞧见了我绝对的孤独

2005.12

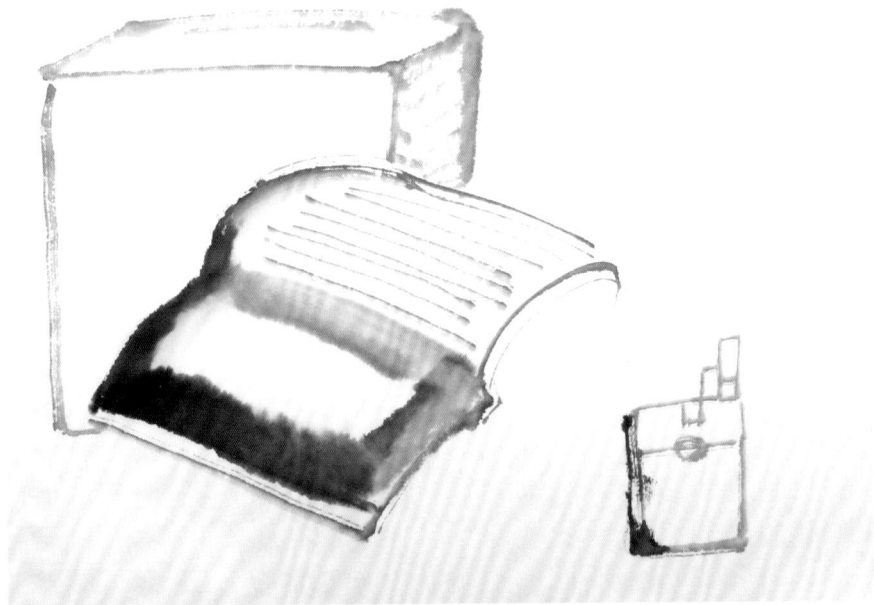

十二点以后的生活状况

看完电视之后，已经是凌晨四点三十六分
我转入书房，翻出几本与诗歌有关的书
然后开始找烟
从三楼找到一楼，最后从熟睡的父亲的枕边
发现半包未抽完的烟
母亲一点左右就已经出门扫街
干清洁工这活比较累，也不体面
所以我的朋友很少有人知道
其实也没有说这些的必要
付出与得到不一定对等不止就平潭这个地方
我拿到烟后，开始关掉电视
关上房门，妻子在卧室早就入睡
我坐在客房里，坐着
想等黎明来了之后，再去睡觉
这是我在结婚之前养成的习惯
如今只是，想深刻地体会一次

2006.2.6 凌晨

潭城生活

摘下眼镜之后
我根本就看不见什么
一间斗室，两扇落雨的窗
我抬头的时候
窗上的雨已落在地上

夜晚是昨天的
雨是昨天的
我在纸上画出一个圆圈
想把自己，像一颗螺丝钉那样
固定在里面

可是我又听到了一些声音
是潮水又来了么
是春天又来了么
赶车的人，你把你的车
拉去太远太远

2006.2.19 凌晨

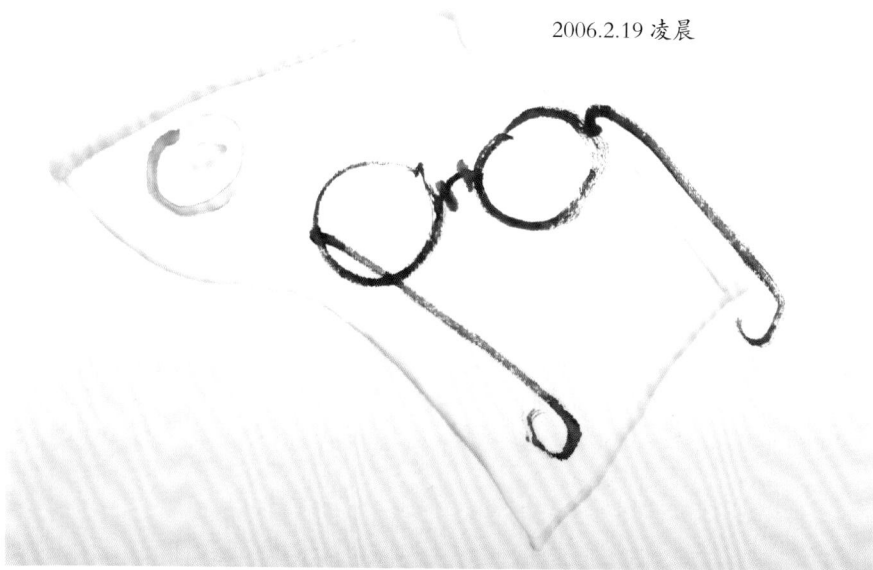

土地上的植物

那一棵，在风中摇摆的植物
长在土地上
多么孤独
我从那儿走过的时候
发现它用阳光
在丈量天空的高度
这使我多么惊讶
周围是一片绿色的广阔原野
只有这一棵
在风中摇摆的植物
它站起来
多么孤独

2006.5.2

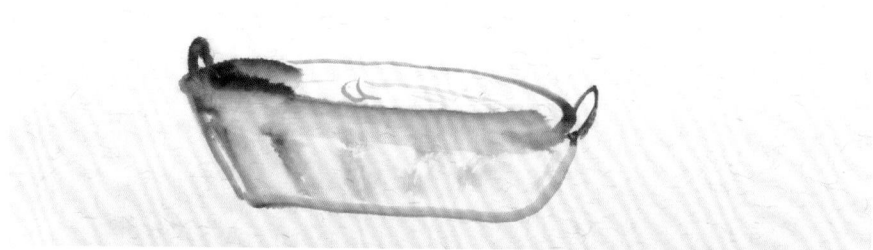

醉酒的小巷

刚拐进小巷，他就倒下了
小巷很长
所有的门板都倒下了
亮出她们苍老的乳房

黑夜很黑，月光倒在盆里
像一个醉汉
他不停地摸索
有滴水的声音

有风的声音
有谁的思念倒在这里了
像很长的小巷
像拨不动的琴弦

2006.6.5 清晨

在家是一种幸福

在家是一种幸福
可以走来走去
不必去管那些
艰难日子不堪回忆
可以抽烟
和老一些的人说说话
安慰自己还年轻

在家里一种幸福
可以见到自己
快乐的样子与往日不同
你是个调皮任性的孩子
可以站在村口
看乡村的野花
岁月满地

多么美丽的景象啊
尽管每个人都有要老的时候
过一些山 走一些路
墓碑树得很高
春天的长势很好
杯子的水溢出浅浅的窗
看马路上的夕阳已经发黄

2006.6.2 清晨

黑夜很黑，远方很远

岁月涂在墙上
黑夜很黑
你的脸上很黑
像极了戏剧里的某个人物
窗外有风
它们都在静悄悄地赶路

这四面的墙坐得很稳
从来不去招谁惹谁
你坐得很稳
仿佛对着四平八稳拨不出声音的琴弦
台灯在墙的某个角落
照见了岁月

岁月很白
于是你记起了戏剧里的那个人物
她总是从你窗外一晃而过
后来你才发现
黑夜不是很黑
只是离你太远

2006.6.5 夜

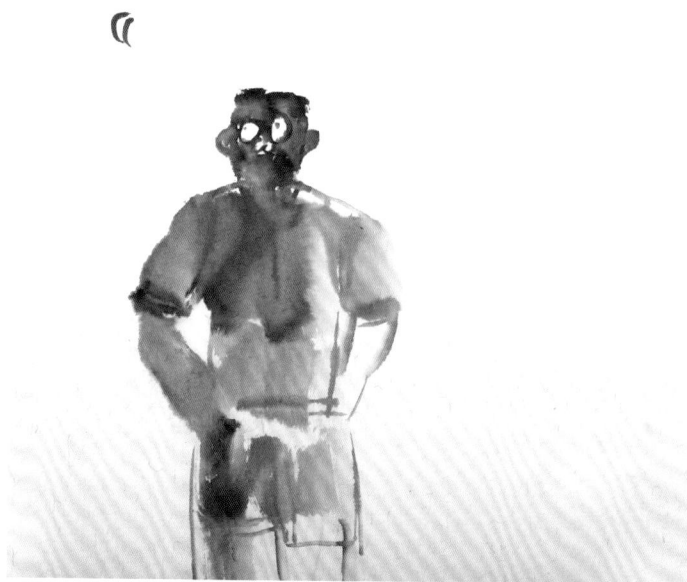

秋天的果实

夜晚在白天里悄悄绽放
灯火灿烂鱼儿摇摆
树上结出深秋的果实
万物无风自动
只有这夜晚的果实
是我行色匆匆的晚餐

路人都在嘲笑
这一天的星斗
这深秋的果实
一粒一粒辛酸无比

这幽黑的丛林
这寂寞的王国
兵士睡去
无人守夜
我的马车装满这王国的姑娘
幸福的泪水
随溪流淌

2006.6.9

这里传说很美

几百年后
这里留下一个传说
传说很美
爱情很美
大雨打在墙上
那是她寂寞的笑脸
风从你的头上刮过
那是我一百年的时光

我从窗外望见了窗内
一百年
早已漫过沧桑的额眉
房屋破败
传说很美
卧看炊烟斜阳
村庄善哉
此生善哉

2006.6.11 深夜

房子

命令所有的树叶集合
于秋天回到乡村
把灶台上的灰尘打扫干净
门窗打开，油灯点燃
会唱歌的母亲坐在火上

母亲建好三间瓦房
在火上睁开眼睛
看见三条河流绕过天空
木头漂在海上
鱼儿爬在树上

会唱歌的母亲
建好房子在等她的三个孩子
其中两个爬回岸上
其中一个在写诗
写：一只鱼儿困在树上

2006.6.12

夜闻笛声

是滴水的声音
有人从窗外走过
水滴在石上
路过的人请不要背走我的夜晚

是雨打芭蕉的声音
有风打在你的脸上
夜从夜的深处赶来
你向你的深处走去

今夜
有人站在夜的上方
有思念
打在石上

2006.6.17 凌晨两点时

种花人

小岛很小
种花人在很小的地方种花
花儿在园子里开一遍就败了
种花人把爱情种在石头上

当夜晚降到这花丛深处
爱情很美
种花人坐在石头上
石头上坐着月光

多么勤劳的种花人
多么忧伤
园子里的花儿开在油灯里
园子外的河流很长很长

我是野地里的孩子
身上长满泥土和草
在很久以前
你是一朵会飞的花

2006.6.21 凌晨 2 时许

四月的月

你醉了
醉成夜色下的一张白纸
我的乡村是一艘古老的渔船
你的乡村是梦里的一个传说

四月里
你在初四醉成一条不结冰的河流
不为了怀念谁
怀念是岁月飘落的一朵桃花

八千里的山被风吹断
野百合趁着夜色悄悄地逃离
有风从你内心的缺口
吹向谁的草原

2007.4.22

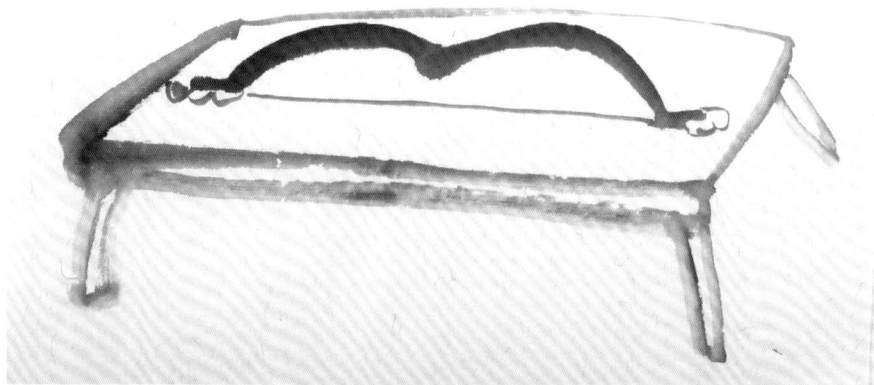

祖父和我

一

月光和窗子
月光和影子
酒可以醉人
梦可以忘记

流水从窗前流过
你可以把他比作一张年老的弓
甚至可以比作
血，或者眼泪

二

一艘过去的船让我怀念
像一个诗人站在海上怀念一座城市以及一个冬日的下午
更经常的是，我宁愿夜色静静返回
夜色中的灯比白天更加明亮

接下来的时光我总在逃离
用一生来逃离自己
离开南方再离开北方
我静悄悄地变成另一个你

2007.5.16

画马

画白马，画黑马
画一批着火的马
画你思念的样子

来自塞上，要去荒原
怀着天堂和地狱
怀着不同的悲伤

2007.5.16

无月之夜

——致 FJ

月光打在心上
月便留在心上
过去之月
不是，如今的月

酒杯见底
窗前的落花
黄昏的灯打在黄昏的墙上
一地的流水痛入骨髓

岁月无法停止
人生变数太多
在这个小岛上
醉后的思念是一种不能说出的多余

2007.7.11 凌晨

回家

走出去难，走回来更难
炊烟和斜阳
看不见的是，世事已沧桑

千百年变化，不过一瞬之间
去年和今年的你
把一生的路，想得太漫长

当泥土和青草湮没你的容颜
过去的人不在了
怀念在白天太远太远

看天空醉了，星星碎了
一个人不能把活
想得那么庄严

2007.7.23 凌晨

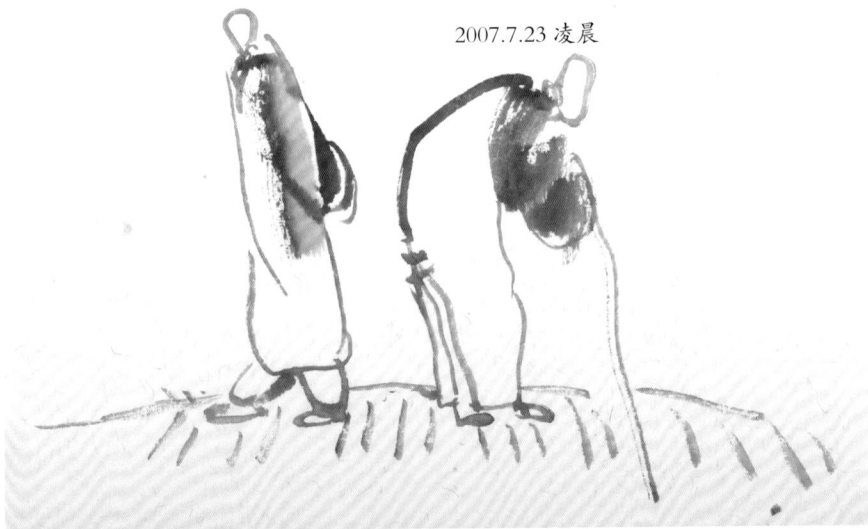

我来唱你的歌

河岸上的女子，要做出投河的姿势
要做出，一生如水的表白
回望万木环抱的村庄
我来唱你的歌

土地上的少年，是我
你不要羡慕
你不要离开
你不能爱上体面和死亡

一生时光，和
一个空空的村庄
平淡是福
你来唱我的歌

2007.7.23 凌晨

有月夜访

（十五，倚门独坐，有月来访。）

此时饮酒，楼台、清风
此时月光照人
在这个小岛上
此时月光，不是城市的月光

你拉着月光的手
她的手太冷
小岛太冷，乡村太冷
你的酒太冷

你和月光能散步的时间不多
所以你和她坐着饮酒
你的酒湿润了月光的嘴唇
她说她要醉了

所以夜晚醉了
你在这个醉倒的夜晚拉着月光的手
你一直说
在这个地方，你觉得太孤独

2007.7.28 深夜

于孤独处饮茶

梦里买酒，醒来独醉
昨日已非昨日
春花刚落，秋声过半

一生多少年华
也如今夜好月
世本无完美之事

强求不得。看明月如你长发
还忆他年夜雨来袭
独坐床头

这年头，有多少痴人
枉我一介书生
半生寒酸，半生世俗

2007.7.30 深夜

在台风到来之际忆伯虎及其他

是梦里花落，是窗外雨声
我静静地看这一夜
太平常
沽酒的人，卖花的人
三月太短

我等三百年前的流水，流过
我的祖先，我的村庄
流过我一个人的小河
我把目光站成一棵黄昏的树
只是美丽的雨不落在寂寞的岛上

四面空旷是水的荒原
夜晚守着我的灯如此寂静
我的灯却守不住一个人一夜的思念

2007.8.8 深夜

我的稻谷

我的稻谷烂在田里
它遇上大雨
大雨把村庄打湿了
不知道要过多久
我才会把它晾干

这个季节的雨
多像是下在春天
北方的冰雪初融
雨水流到南方
所以南方的野花开得如此美丽

我的稻谷烂在野花丛里
不远处是一片森林
我坐在其中一棵树下
想的不是稻谷
而是一地如此美丽的野花

2007.8.15 深夜

乡村闲人

是秋天进入原野了吗？
那城市的马车，早已消失
有多少个站台就有多少的悲欢

那女人，高贵地，站在风的入口
黄昏的衣裙，寂寞的乡村
我太喜欢

一年四季，对我来说有两件事情十分重要
一件是耕种，一件是沉思
其余都太简单

我喜欢独坐的目的是
我的日出想眺望你的日出
我的日落为守着你的日落

2007.8.17

题闲居集（八月悲秋）

八月悲秋，九月断肠。回首可笑那二十七年，繁华落处流水凉。
昨日勿念，明日不求。千里江山，管他为谁寒。

与小儿戏，为生活乱。寂寞闲居安宁地，不学飞花逐水，处处他乡。
莫论志气长短，非我老矣。白日操刀非为断石，只待割月下酒觅纸寻伴。

2007.8.26 凌晨

午夜

午夜在我窗子四周游荡
像极了一个无父无母的幽灵
千百年来一直缠着想恋爱的人们

可我总在某个时候发现那个时候是
多么的空虚
在那时，生活总带给我以无尽的忧伤

我常对自己说不要虚度年华啊！
不要轻易的去看流水它是怎么流
不要去想风儿它为什么要吹老你所居住的村庄

可我仍常常怀念
那一堆不堆出幸福生活的积木
那时侯我还很小
我梦见自己长大的样子和现在不一样

2008.1.12 凌晨

午夜听雨于书房

密雨敲窗，问我何年？东坡醉酒，误说童颜。

雨如果有心
你会懂得夜晚它也有爱情
夜太安静，因为远方离你太遥远
千山万水，无非一次漫长的旅途
草枯木荣，却是难以到达的思念

我想回家。过去的时光
已被今日的风 慢慢吹老
我想在西窗上刻上千年不变的斜阳
在故乡的土地上，有风吹过
有风吹过少年的眼睛

2008.2.1 凌晨 2 时许

说杜甫

说杜甫
说唐朝一千年
说那一间破败的茅屋
你可曾驻足于我的门前

说我无钱沽酒，我以水代酒
说如今公元二零零八年
说城市楼高千尺车水马龙
我该去寻找谁

万千人群中无酒使我日日孤独
在东南的海上
狂歌度日，度日如年
只是你我
活该为谁守得一生清贫

2008 年

忧伤是不是很美

我的被潮水烧焦的石头
它的心里很苦，它的身上都是伤痕
它需要你来抚摸，只要你拥有风的眼睛

风中的眼睛，
谁的忧伤吹遍世界
谁的歌声能打动石头的心

这一块被烧焦的礁石
它的心里很苦，它堵在我的胸口
我需要你来抚摸，只要你能告诉我

潮水涌入心脏的时候
要造一只多大的船
让爱情去逃离

我不知道，这海上
风往哪个方向吹
风吹过的岸上，忧伤是不是很美

2008 年

洁白的纸上

梦里禅院

我静静地坐在那里，等一片叶子落下，叶子很重。
我的一生都在等着这一片叶子，我要用礼佛的手掌将它接住。
叶子很重，它可能会落在井里，溅起的水花是否会扰乱我这安宁的一生？
叶子很重，它可能会落在我的手掌里，让我的肉体如枯枝一般，刹那间折断。

我静静地坐在那里，四周荒芜，心无杂念。
春夏秋冬四季如约而来，又如约而去。
古人常说，死生亦大矣。可以忘记如何生，
但人不能不知道，自己该如何死。

我静静地坐在那里，无关世事，无关生死。
只愿谁人知道，这一方寂寞的禅院，
千年之前，千年之后，你都静静地坐在那里，
如同那片本就虚无的叶子。

2009.4.27 深夜

莫等花开

莫等花开，莫等花开，今天正是出嫁的好日子
好风，好雨，知道时节
莫等花开，莫等花开，新郎在窗外等候多年
敲锣，打鼓，风雨无阻

心爱的女子，莫等花开，莫等花开，花开无常，爱情不能
在秋天凋谢
世间的男子，莫等花开，莫等花开，每个人都应该有所追求，你的心
不能在花丛中和花一同死去

2009.4.27